이 한 톨의 먼지

이 한 톨의 먼지

—

초판 1쇄 2023년 6월 15일
지은이 황훈성
펴낸이 김영재
펴낸곳 책만드는집

—

주소 서울 마포구 양화로3길 99, 4층 (04022)
전화 3142-1585·6
팩스 336-8908
전자우편 chaekjip@naver.com
출판등록 1994년 1월 13일 제10-927호
ⓒ 황훈성, 2023

—

—

ISBN 978-89-7944-837-5 (04810)
ISBN 978-89-7944-354-7 (세트)

책 만 드 는 집
시인선 218

황훈성 시집

이 한 톨의 먼지

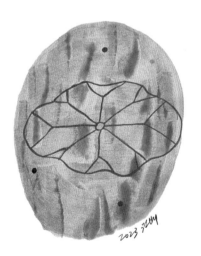

2023 훈성

책만드는집

| 차례 |

1부

2부

1부

영혼 불멸

부싯돌에 튀는
불꽃처럼

흔적도 없이
사라지진 않을 거야

그
냥 떨어지는

폭포수 속
물방울 하나

내를 이루어
바다로 가듯

아름다운 형역

뜰 앞의 장미보다 고왔고
하늘을 나는 새보다도 자유로워서
그저
자랑스럽고 고마울 따름

비록 죽어
꽃 새 인간의 몸을 벗어나는 순간
우리 모두 화학원소로 돌아가겠지만
지상에서 받은 인간의 몸이란
거저
느닷없이 얻은 지복

형역의 비바람 속에서도
영혼의 싹을 틔우고
영생의 풍경을 그리며
항상 가슴이 뛰놀았지

이제 가슴 아린 기억 안고
황홀한 무로 돌아감이여

오로라

온대 하늘도 때로는 천둥 치고
벼락으로 쩍쩍 갈라지기는 하지
그러나 시심을 혹독한 궁핍으로 내몰아
까치발로 툰드라에 세울 때 비로소
북극 하늘에 오로라를 아로새길 수 있겠지

이 미지근한 욕조에 담긴 나날들
뜨겁지 않아도 때는 불어 오르니
불은 때를 하루 세 번 밀면서 뉘우치나
북극 창공을 요동칠 오로라는 꿈도 못 꾸지

매일 아침
네 시심이 입관된 관을 짊어지고
벼랑에 올라 바야흐로
노을이 물들어 올 때
절벽 밑으로 던져버려라
언젠가 필연코

풍경화 속의 소실점으로 사라질 네 모습을

소름 돋게 떠올리며

목관을 던져버려라

플라세보 효과

숲속 깊숙이
발 닿지 않는 곳
커다란 호수 하나 있어
댐 밑 전답이 가뭄으로 쩍쩍 갈라질 때
수문을 조금씩 열어
도랑을 채우고 작물을 춤추게 했었지
미켈란젤로 천지창조가
베토벤의 합창 교향곡이 흐르도록

호수로 이어지던 다정한 소롯길
중세의 은자들이 그레고리안 찬트를
흥얼거리며 산책하던 숲길
언제부터인가
빽빽한 잡목과 마을 사람들 기억 속에서 묻혀버리고

마을의 학식 높고 깬 사람들은
있지도 않은 호수를 그리는

나를 몽상가라 놀려댔지
과학의 시대에
그런 미신을 믿으면 안 된다고
그건 플라세보 효과라고

돈과 과학의 열풍 속에
쩍쩍 갈라지는 예술 전답
호수 물 끌어 대지 않고
셰익스피어 바흐 톨스토이 목을 축인
영감의 샘물을 길어 올릴 수 있으려나

오리온 가족

베텔게우스와 지구는 429광년 떨어져 있고
리겔에서 떠난 빛이 지구에 도착하는 데
777년이 걸리는데
이 0.4등성 0.2등성 별이 오늘 저녁
오리온 가족으로 서로 손잡고
나에게 윙크를 보낸다
우리 가족사진처럼

수백 광년 떨어져
서로 얼굴도 모르던 우리들
우연히 각자
이 지구상에 도착하여
여기 가족사진 속에 오리온좌로 빛나고 있구나

오리온 별자리 일원이란 숙명 탓에
울고웃고화내고슬퍼하며
반짝반짝 가족별

언젠가 우주의 막막한 허공을 뚫고
제자리로 돌아가고
우리는 다시 낯선 행성으로 자리 잡겠지

아,
우리 사이에
전생 300광년이 가로놓인 줄도 모르고
같은 피붙이로 지지고 볶고
너와 내가 뒤섞여
정과 화를 나누며
여기 잠시
오리온좌에서 반짝였구나

도둑게

수평선에서 보름달 법문이 솟아오르면
숲속 동굴에서 면벽기도하던 수행자들이
2만 2천 개의 의심을 품고 만행에 나선다
진리의 바다에서 의심을 해산하여 해탈하기 전
가로놓인 장애는 해안도로
야밤에 충혈된 헤드라이트를 켜고
질주하는 인간의 욕망들
내려찍는 바퀴에 로드킬
자본주의 세상에서 수행은
모래벼랑에 구운 밤 닷 되 심어
움이 트고 싹 나기를 기다리기

무궤적 인간들

유리창을 타고 내리는 빗물
밤 창공을 가로지르며 홀연
사라지는 유성보다는
그나마 더디게 떨어지나
셈을 하자면
사람 한평생에 비하면
숨 가쁘게 제 모습을 감추며 사라지는 셈

우리 인생은 느긋하게 흘러간다
다만 우리는 자기 모습을 드러내 줄
유리창도 창공도 없기에
궤적을 올리지도 못하고 홀연
사라져 버린다

빗방울이 궤적을 그리며
유리창을 타고 내린다
궤적이 없는 사람들의 단말마가
여기저기 천지에 자욱하다

어둑서니

멜로디 한 소절
내 마음 동굴 속 메아리쳐 온다
명곡도 더구나 내가 아끼는 곡도 아닌 가락
불청객은 아니지만
쌍수를 들고 환영할 방문객도 아닌 곡이
동굴 속에서 자꾸만 울려 퍼진다
동굴 속 주인의 애창곡인가?
바깥의 나는 심드렁한데
햇빛을 싫어하는 그의 애창곡에
내가 빠져들 린 없지

이제 나도 그럭저럭 햇볕도 쬐었고
해거름도 길어지니
동굴 속 그 친구 함 만나러 들어가 볼까
명곡이야 제 취향에 달린 거지
색다른 멜로디에 빠져보는 것도 나쁘지 않지
어스름 내리면 누구나 어둑서니

몸뚱이는 어느덧 사라지고
동굴에서 밤이슬 피해야 할 신세
영원한 그림자 되어

먼 길 여행

집이란 이곳저곳 부스러지게 마련이고
때때로 하얀 옷 입은
시다바리 목수들이
망치와 못을 들고
이리저리 두드려 맞추어
보수 작업 하며 살아가기 마련인데
그럼에도 불구하고
건물 수명 다하여
흙벽은 금 가고 마침내
지붕이 무너져 내리니 풀썩
대문마저 사라지고
먼지 풀풀 머리 하얗게 뒤덮어 쓴 집주인
행장을 수습하고 걸어 나갈 문이라도 있을까
새집으로 여행 떠날 출구라도 있을까

술집 옥호 이승

먼저 갑니다
어서라기보다는
실컷 즐기시고
이따 또 봅시다
참 카운터에서
내 카드 안 받네요
이 술집은
더치페이라네요

세 개의 거울

꿈속에서 허연 수염이 멋들어진 노인이
거울 세 개를 선사한다
죽음, 쾌락, 전생 거울
거울 뒷면엔
메멘토 모리, 에피쿠로스, 카르마

곧 죽어 흔적도 없이 사라질 텐데
니가 지금 매달려 있는 일이
그럼에도 불구하고
그럴 가치가 충분한지?

좀 더 강한 쾌락을 추구하면
이전 쾌락은 불어터지니
마음을 숫돌에 갈아
영의 쾌락을 즐겨라

괴롭힘을 당하면

전생에 니가 홧김에 뿌린 씨앗이

화염처럼 타오르는

천남성으로 피어났음을 깨닫길

기도

기도를 하는 이유는
우리가 흙덩어리인 탓이리라
흙은 부스러지고 떨어져 나가니
애초에 우리랄 것도 없기에
새파란 기도의 불길을
흙 속에 불어넣어 비로소
백자로 청자로
거듭나는 우리

흙덩어리로 뭉쳐져
여기저기 뒹굴고 다니다
흙먼지로 흩날려서 흩어지는
헛헛한 인생
엄마의 젖꼭지에 매달리는
아기의 간절함으로 올리는
기도의 말씀으로 비로소
유약이 발라지고

도요굴로 옮겨지는 내 흙덩어리
참나무 장작 새파란 불길로 마침내
내 불멸의 도자기는 완성되리라

문

문이란 무서운 겁니다
방 안 가득 찬 영혼이
아우성을 내지르며 달려가는
울돌목으로 변합니다
눈에 넣어도 아프지 않을 아이를
유괴당한 엄마는
발자국 소리가 들릴 때마다
문고리가 흔들릴 때마다
방 안 가득 찬 비통한 영혼을
거센 풍랑으로 문에 쏟아붓습니다
금방이라도
엄마 학교 갔다 왔어요
하며 달려들 아이

문이란 무서운 겁니다
방 안 가득 찬 영혼이
단말마를 내지르며 떨어져 버리는

대승령 폭포로 변합니다
단 하루라도 더 머물고 싶은 임종자는
생명의 촛불이 펄럭거릴 때마다
숨결이 낙엽처럼 목구멍에 그렁거릴 때마다
병실 가득 찬 안타까운 영혼을
문에 쏟아붓습니다
금방이라도
이제 때가 되었습니다
하며 문턱을 넘을 저승사자

갈치김치

−설악산 이용희에게

니가 담근 갈치김치를 갖고 와서 먹는다
담근 니는 이미 세상도 숟가락도 놓아버려
일 년 치 김칫독에 아직 가득 찬 김치
생전 신나게 설파하던 너의 김치 담금 철학
오 년이 지나니까
아! 김치 맛이 이거구나
저장 온도도 절임 상태도 에프엠대로 했는데
김치 군내가 나서 낙심천만이었는데
오 년째 마침내 소금을 특상품 천일염으로 바꾸니
천상의 맛!

항상 우리 모임에서
임금 수라상 진상 천일염이었던
니가 가고 나면 누가
싱거운 우리들 이야기 간을 맞추고 또 누가
군내 풀풀 화젯거리를 맛깔나게 하리
절임 배추 속에 고춧가루 마늘 갈치 토막 무채 양념을

솜씨 좋게 버무리던 말솜씨
이제 어디서 찾을 수 있을까?
김장철은 다가오는데 모임은 잦아지는데
이야기 버무릴 장인은 지상에 없네
모임에서 입 안이 마르고
어깨가 시려 둘러보니
용희 니 자리만 비어있네

새벽 4시 48분

새벽 4시 48분
저속한 일상을 대동한
태양이 멋쩍게 등장하기 전
형형색색 나비들은
고치를 벗어 던지고
은하수 창공으로 날아가 버린다

괴로움이 아닌
환희의 절정에서
고치를 탈출하는데
사람들은 남겨둔 고치를
어루만지며 통곡하느라
은하수를 유영하는 나비를
곧잘 망각한다

새벽 4시 48분
고치를 던져버리는 것은

진정 장엄한 결단이어라
저속한 대낮의 햇빛을
결연히 차단하는

타이태닉

사람들은 거짓말 꾸며 상황을 모면하고
침몰하는 배에서 서로 구명정에 오르려
명예도 체면도 모두 내동댕이쳐 버린다
내세도 없고
영혼 불멸을 안 믿기에

무서울 정도로 정직한 자는
인간 너머 하나님의 눈과 귀를 무서워하기에
온갖 손해와 공포를 무릅쓰고
하나님의 진실과 대면한다
타이태닉 배에 남아서 찬송가를 부르며
배와 같이 침몰하는 자들은
영혼과 하나님의 나라를 믿는 자들

이승은 마지막이지만 곧
옆방에서 사랑하는 이들과 재회하여
행복을 누리리라는 반석의 믿음에

기꺼이 노래 부르며
서서히 배와 함께 침몰한다

이제 세속화 시대
이런 인간들은 천연기념물
저잣거리엔 싸구려 플라스틱 제품들

내세 은행 통장

현세 은행 통장에
잔고가 있는 한
내 육체는 즐거워지고

영혼의 불멸을 믿는 순간
내세 은행 통장 속
신의 입금으로
내 영혼은 다시 즐거워진다

영혼의 필멸을 믿는 순간
본인 요청에 의한
내세 은행 통장 해지가 이루어지고
내세에서 주민등록 말소된다

장례식장

나는 아직도 살아 움직여
지하철을 타고
어젯밤 고인이 된 가슴 가까운 이의
장례식장까지 발을 옮길 수 있었다
폐도 심장도 여전히 작동하고
장례식장 입구 회전문 돌기 전
머리는 빠르게 회전하여
돌아갈 교통편을 챙긴다
603번 타고 시청 앞에 내려서
지하철 4호선 갈아타고
돌아가야지
이미 돌아가신 고인은 더 이상
발을 뗄 수도
돌아올 수도 없는데 나는
회전문에 낄까 봐
머리를 회전하며
영정 쪽으로 발을 옮긴다

나의 빈 유리병

나는 인격신을 믿지 않지만
신성은 믿는다
인간의 길흉화복을 돌보기 위해
자갈로 채워버린
인간의 희로애락을 다독거리느라
모래로 채워버린
천국으로 가는 배를 띄우기 위한
물로 이미 넘치는
유리병은 나에게
쓸모없는 유리 조각품

나의 영적 갈증을 축여줄 감로수를
내 삶의 흥을 돋울 포도주도
더 이상 쏟아부을 수 없이 꽉 찬
그냥
제단 위에 모실 조각품

나의 신성은 다만
텅 빈 유리병
내 경건한 성수와
내 흥겨운 포도주를
항상 넘치도록
들이부을 수 있는

영정 사진

막막한 우주
반짝거리는 저 별은 지금
이미 사라진 별

먹먹한 마음
웃음 짓는 그대는 지금
이미 저 하늘의 별

강

자유롭게 흘러가는 강물이라 말들 하지만
강의 모양새는 산
마음먹기
자유의지를 가진 인간이라 말들 하지만
인간의 마음은 신
마음먹기

퀼리티 스타터

내 꿈의 인생 퇴임은
9회 말 투아웃 만루 상황에서
다저스 3선발 바우어처럼
타자 삼진시키고
어깨 팔꿈치 손목 힘 건들건들 털며
마운드에서 내려와
털레털레 더그아웃으로 걸어가는 그림

무념무상 바우어 표정으로
더그아웃은 환하고 따뜻해질 거야
비록 땅속이지만
햇빛 속의 마운드와는 색다른
박수 소리도 들릴지도 몰라

안타를 맞고
포볼을 내주고
만루 위기까지 내몰렸지만

내 인생에서
노히트 노런이나 퍼펙트는
언감생심이니
6이닝 3점 이하 퀄리티 스타터로 만족해야지

흡

흡
영혼이 빠져나가는 소리
산소를 급 들이켜는 소리
흡
사무라이가 급소를 찌르면
새어 나오는 소리

흡이 삶인 줄
삶이 흡인 줄 모르고 느긋하게
주판알을 퉁기며 이문 챙기는 데에만
눈이 어두운 바보들로
세상은 발 디딜 틈 없다
교회를 다니고
절에 오르긴 하지만

그들이 그린 흡 이후 세상은
그런 세상이 아닐 터

거꾸로 그려지는 듯
일출 무렵 해를 등지고
총총걸음으로 구슬땀 흘리며
멀어져 가는 슬픈 서녘인들

감악산 순수비

네가 판각한 오백 편의 시구들
세월의 비에 씻겨서
모래알로 흩어지리라
감악산 순수비처럼
알 굵은 화강암 알갱이에 새긴
혹시 興 자처럼
남을 일은 없을 거야

아니면
세월의 바람에 흩날려
산새들의 울음소리로 사라지리라
감악산 순수비처럼
비석 기단 밑
풀잎에 가려져 있던
혹시 典 자처럼
뒷모습 비칠 수는 없을 거야

삼사라 여행

내 뒤를 밟고 미행하던 날개 달린 형사
마침내 내 팔뚝에 쇠고랑을 채운다
길고 어두운 터널은 찰칵
소리와 함께 끝나고
푸른 가을 하늘
푸른 수의의 삶이 시작된다
누군가 저 높은 곳에서
대파 한 뿌리 던져줄 지인이라도 마련했던가?
만기 출소 하는 날
따끈따끈한 두부 한 모 가져올
친구라도 마련했던가?
다시 사회로 환생하는 날

알렉산드리아 도서관

− 고 김기원 형에게

그는 알렉산드리아 도서관만큼 웅장했다
안식년에 도서관 새 방을 꾸미느라
구슬땀을 흘리고 있었다
통일경제관을 신설하여
남북 경제 비교하는 도서들을
독일에서 입고 배치하고 있었는데
환갑 고개를 겨우겨우 넘긴 부실한 다리로
그냥 후배들에게 맡기지
손수 서고 정리하다가 사달이 났다
대장암 화재가 발생하고
도서들과 서가는 화염에 싸이고
알렉산드리아 도서관은
이 지상에서 사라졌다
우리야 죽으면
책 서너 권 날아가지만
거인이 쓰러지면
도서관 하나가 무너진다

가을비

가을비 내리는 날
땅에 깔린 잡초가 윤기를 발한다
생명의 의지를 살리며
마치 한여름이 다시 돌아온 듯
가을비가 가을 서리의 전령인 줄
까마득 잊고
봄비 기억을 되살려
호기롭게 뿌리에 명령을 내린다
수액을 끌어 올릴
만반의 태세를 갖추라고
잠시 휴게실에 간 암세포에
기고만장한 말기암 환자처럼
잡초는 푸릇푸릇
잎사귀를 의기양양 뻗쳐본다
한로는 로마 병정처럼
보무당당 저벅저벅 행진해 오는데
가을비는 미리 흘리는
애도의 눈물인 것을

고인만 알고 조문객이 모르는 진실 하나

우리 곁에서
떨어져 나가고
우리 눈앞에서
사라지기에
우리는 찢어지는 가슴으로
애도한다

찢어지는 게 아니라
진실은
고인이 지상의 임무를 마치고
귀향하는 것

부모님 곁으로
여기 오기 전
유년 시절 추억으로 가득 찬
고향 흙냄새
다시 영원히

맡으러 가는 것

우리도 머잖아
홀가분한 기쁨으로
돌아가야 하는 길

영랑호 보름달

보름달이 떠오르면
영랑호는 시계 반대 방향으로 돌아야 한다
시계 방향으로 돌면
호수 반대편 음흉한 숲이
황금빛을 자기 치마 속으로
집어넣어 버린다

오늘 저녁도 밤은 깊어가는데
시계 방향 산책인들은 늘어만 가고
시계 반대 방향은 간간이 들려오는
달빛에 미친 광신도의 고함 소리
예수천국
불신지옥

한산한 반대 길
보름달은 이미 지평선 위로 휘영청 떠올랐는데
어깨에 얹고 의기양양 걸어갈

보름달이 사라지고 있다
신이 구름 속으로 들어가고 있다
그래도 무조건
시계 반대 방향으로 걸어야 한다

폭설

바다는 품이 넓어
밀어 올려 띄워주는데도
간밤 폭설은 감당할 수가 없어
포구에 매인 어선 한 척
함박눈 못 이겨
바닷속으로 가라앉아 버렸네
배 밑바닥 구멍도 없는데

하물며
구멍 뚫린 내 사랑
포슬눈도 못 이겨
물속으로 침몰할 수밖에

하물며
밑창 빠진 내 신앙
싸락눈도 못 이겨
물속으로 침몰할 수밖에

왕십리

욕심이란 전차가
몸과 짐을
십 리나 지나친 역사에
부려놓았네
오로지 욕심 하나
뒤통수만 바라보며
총총걸음으로
몸을 옮겨 왔는데
낯선 역사 풍경
그대 돌아가지 못하리
아득한 거리
힘에 부치는 캐리어
그대 돌아가지 못하리
적어도 이생에서는

백자진사

긴 낫을 든 밤손님이
손가락으로 창호지 구멍을 뚫어
밤새워 시를 쓰는 너를 훔쳐본다
이제나저제나
펜이 손에서 굴러떨어지는
순간만을 노리며
기물 성형과 초벌구이를 이제사 갓 끝냈는데
도자기 유약을 바르는 너의 붓이 흔들린다
문풍지도 떨리고 기류가 심상치 않다
심호흡을 하여 자세를 가다듬는다
적어도 1300도 가마 속으로 들여 넣을 때까진
붓을 떨구어서는 안 된다
비록 48시간 뒤 네 손으로
백자진사를 꺼내어 안아보는
복을 타고 태어나지 못했다 할지라도
밤손님이 문고리를 잡는 순간까지
알아도 모르는 척

도자기 표면에 주렁주렁
탐스러운 포도 한 송이 올리길

간이역

간이역에서 내렸다
완행 인생
고향으로 가는 환승역
두 정거장을 앞두고
식은땀을 식히려

기차는 떠나고
텅 빈 대합실 나서면
이름 모를 들꽃들
어색한 교태들 받으며
그 옆에 이름 없이
스러진다

2부

카르멘 립스틱

톡소포자충은 쥐가 숙주이다
이 기생충은 고양이로 숙주를 갈아타야 한다
유성생식을 위해
삶의 애착이 강한 쥐는 요지부동
기생충은 쥐의 본부 통제실을
장악하기로 결정 내린다
쥐의 뇌 속에 낭포를 만들어서
명령 코드를 바꾸고
쥐들이 고양이들을 그리워하도록 조작한다
쥐는 뭐가 뭔지 모른다
뇌가 지시하는 대로
고양이를 찾아 나서고
호세처럼 그 앞에서 사랑 고백을 한다
고양이 입술에 묻은 피가
바로 카르멘 립스틱

첫사랑 딱정이

첫사랑의 돌에 내려찍히면
상처는 벌어지고 흐르는 피
이 상처에서 저 상처로
저 상처에서 이 상처로
흘러가고 흘러오고
너도 나도 없는
핏빛 현기증과 황금빛 황홀이 뒤섞여 흐른다

시간은 응고시킨다
피는 멎고
사랑은 딱정이로 내려앉고
딱정이끼리 부딪히는 소리
너는 너 나는 나
아련한 첫사랑의 가려움으로
조금 긁어보기는 하나
딱정이를 벗겨 상처를 후비는 사람은 없다
인생에 흉터를 남길까 봐 조바심 내며

그렇게 그렇게
피가 서로 섞이지 않게
결혼은 흘러간다

엘 카스티요 벽화 사랑

어떤 종류의 사랑은
눈과 발의 엇박자 사랑
눈은 방 안을 빤히 들여다보나
발은 가로놓인 문턱 넘어
한 발자국도 들여놓지 못한 사랑

문턱에 설치된 유리벽은
어지러운 손바닥 무늬들
엘 카스티요 벽화 사랑
유리벽 안은 평온한 거실
동동 구르는 발
활활 타오르는 눈동자

일액현상

잎 가장자리 이슬 맺힘은
소낙비도 이슬도 아닌
가슴속 터져 나오는 꽃나무의 눈물

꿈에도 그리던 사랑이
무릎 꿇고 올리는 뜻밖의 구애에
마음속 봇물이 터져

넘쳐흐르는 사랑
환희로 장식된
진주 왕관

나도 내 꿈속 임의 사랑 듬뿍 받아
환희가 눈물로 눈물이 진주 구슬로
방울방울 떨어지는 나뭇잎을 가지리라

멀고도 먼 묏재의 사랑 얘기

옛날
돼지들이 아직 뱀들을 잡아먹던 시절
해안면 만대리 만석 부자가 살았는데
외동아들이 몸이 약해 손 끊길까 봐
일찍 장가보냈는데
먼묏재 고개 너머 서화리 여자와
그해 혼사 치렀는데
그래도 태기가 없어 시아버지 시어머니 남편 구박으로
하늘이 노래진 신부
멀고 먼 묏재 고개 너머
친정으로 도망 왔으나
다시 출가외인 쫓겨나
멀고 먼 묏재 너머 시댁으로
고개 이쪽 저쪽이나 모두
노란 세상
아수라 세상
도망간 죄로 더욱 박해받아

마구간으로 쫓겨나 지내길 일 년

황소와 친구 삼아 그럭저럭

어느 하늘 노란 날

화가 난 남편 마구간으로 와서

부인 매타작을 하는데

황소가 뿔로 신랑 들이박아 각혈사

겁이 난 신부 황급히 도망해

이 고개에 이르러

친정집 멀리 쳐다보며 멀뚱

시댁집 돌아보며 멀뚱

먼묏재 이 고목나무에 목매어 버렸네

이 고목의 소 여물통 둥치 얘기*

* 지금도 펀치볼 능선 위, 이 고목은 여물통을 아랫배에 안고 있다.

손톱

한눈팔다가
손톱을 살 깊숙이 깎아버렸다
손톱 밑 생살이 아려온다
무심코 내뱉은 그녀의 한마디
내 심장 깊숙이 찔러버렸다
가슴속 생살이 저며지는 듯
솔직이라고 최상의 방책은 아니야
때로는 생살을 덮어주고 감싸주는
손톱이 필수일 때도 있어
연체동물인 인간들
손가락 끝만 갑각류인데
그마저도 냉정하게 잘라버리면
생살이 아려오지
다시 갑각류로 돌아오기까지
손톱이 길어질 때까지
내 마음의 상처가 아물 때까지
우리의 사랑은 잠시 마비 상태

닳아버린 신발

사랑이 닳아버리면
슬픔은 꿀꺽꿀꺽
발바닥으로 스며든다
발을 감쌌던 안쓰러운 무명의
자기 위안도 축축이 젖어오고
대책 없이
어깨를 두드리는 빗방울을 쳐다볼 뿐
하염없이

새 신을 신고 뛰어보자 팔짝
머리가 하늘까지 닿던 첫사랑은
이제 검은 먹장구름으로 뒤덮여 있다
사랑이 닳으면
더 이상 푸른 창공으로 도약할 수 없다

사랑

사랑은
주판알 튕기는 게 아니라
세균에 감염되는 것
독감에 걸려
온몸이 불덩이
호흡은 가빠지고
눈빛도 불꽃으로 이글거리고
목이 메어 말도 안 나오고
처량한 유행가에 눈물지으며
낯설은 이민족
사랑균에 어이없이
함락당하는
해자 없는 성곽

사모곡

사람의 몸은 7할이 물이야
마음은 8할이 엄마고
엄마가 빠지면
극심한 갈증으로 아이가
길거리를 쏘다니며 샘을 찾으나
엄마를 보충할 길은 없어
엄마의 젖가슴을 찾아 헤매며
평생 타오르는 목마름으로
5300여 점 목불상 남긴 엔쿠 스님도
이승에선 목을 축이지 못했지
그러나
죽음을 두려워 마라
엄마에게로 가는 길이니
백남준 화백도
엄마 생모시 적삼 저고리 하나 들고서
저승 삽짝길로
엄마 젖가슴 만지러 뛰쳐나갔잖아

아야진 사랑

낡은 슬레이트 지붕
바스러지는 시멘트 담벼락이 이끄는
골목길을 쫓아가는데
발은 무겁고
눈은 어두운데
모퉁이에서
홀연
터지는 바다
부서지는 파도
대박이 터지는 푸른 사랑

갈증만 일으키던 골목길 짝사랑
손에 잡히지 않던 신기루 사랑 끝
홀연
나타나는 오아시스
그대들의 입맞춤으로
펼쳐지는 수평선

이 아야진 포구에서
순풍으로 잉태한 돛을 펼치고
출범하는 사랑의 항해

대희백두옹

뱀탕집에서 여든 살 노인이
호쾌하게 전화를 받는다
생사탕 앞에 놓고,
글쎄 그런 쑥스러운 얘기는
늙은 뒤에나 하자구 옛날 얘기 삼아 클클,
생사를 초월한 할아버지
건너편 목소리는 애교가 철철 넘쳐
할아버지 무릎 위로 범람하는데
쾌락의 바다를 유영하는 할아버지
낙양성동 물 찬 제비는 날고 날아
어느 카페에 내려앉는가 오늘 저녁엔
낙양 처녀 홍조 띤 얼굴
늙은 제비 놓쳐 찌푸린 아미
해가 갈수록 남자는 푸르청청이고
해가 지날수록 여자만 바뀌는구나
年年歲歲男相似
歲歲年年女不同

박제된 후투티

독신으로 생을 마쳤을 때
후투티의 DNA는 지구상에서 사라졌다
살아생전 찬란했던
황금빛 투구벼슬과 황홀한 깃털
이제 박제되어 박물관에 진열되어 있다
단종되어
젖 냄새 물씬 풍기는 자기 분신을 갖지 못하고
통통거리며 뛰어다니는 아이 대신 얻은
먼지에 덮인 박물관 소장품

겨울 사랑

나는 당신을 모르겠어요
잎도 꽃도 없는 당신을
내가 어찌 당신에 어울리는
이름을 부를 수 있겠소
진정으로 사랑한다면
새잎이 돋아나는 봄이 오기 전에도
사랑의 꽃이 피어나는 오월이 오기 전에도
당신의 이름을 부를 수 있을 거라고
그게 바로 진실한 사랑이라고
당신은 속삭이지만
난 정말 몰라요
겨울은 겨울이고
당신은 여느 겨울 꽃나무처럼
잎도 꽃도 달고 있지 않으니
얼굴을 두 손으로 껴안고
이름을 귓속으로 속삭일 수 없는
우리 겨울 사랑

함박눈

폭설 쏟아지는 아침 창가
지구 인간 머릿수보다 많은 눈송이들
하늘하늘 내리는데
함박눈 한 송이에만 눈동자를 실어본다
절망감에 자포자기 곧장 추락하다
아담한 이웃 송이 만나
바람결 타고 다시 솟구치며
둥실둥실 환희의 윤무를 그리다 이내
사랑도 이길 수 없는 삶의 중력
발버둥 친다
허겁지겁 낙하하다 잠깐
구름을 떠나온 지 그 얼마던가?
아득한 기억 이제
곧 땅에 내릴 듯 다만
물에 떨어져 바로 녹지는 말길

탐화봉접

발뒤꿈치 꽃가루 따윈
꿈에도 생각 못 하고
열심히 이 꽃 저 꽃
꿀맛에 취해 옮겨 다닌 나비
꽃잎이 지자
탐스러운 열매가 맺히는데

반면
가슴속 영혼 따윈
꿈에도 생각 못 하고
열심히 이 돈 저 권력
꿀맛에 취해 옮겨 다니던 인간은
눈꺼풀이 덮이자
떨어지는 썩은 낙과 신세

가을 겨울 봄 그리고 여름

모든 게 떠나갈
가을이 가고 이내
생명 눌러 겨우겨우 숨죽여 견딘
겨울을 넘기면
언덕 너머 숨 가쁜 파도처럼
밀려와 일렁이는 꽃사태를 보는
봄이 오고
마침내 태양이 열리고
풍성한 햇빛 속에
주렁주렁 열리는
여름 열매들

신이시여
저에게도 자기 이름만 피워 올리다
스러지는 꽃으로
돌아가는 은총을 베푸소서

입춘 심포니

겨우내 쌓인 지붕의 눈 녹아
추녀 끝 낙숫물이 울리는
바이올린 피아노 조율 소리
봄의 심포니 앞두고
오케스트라 지휘자는
아직 연단에 오르지 않았는데
오보에 조율이 끝나고
악보 뒤적이는 봄바람 소리
지휘봉의 휘두름에
마침내
부서지는 추녀 끝 고드름
봄의 커튼이 올라가며
입춘 심포니가 울려 퍼진다

춘소

춘소에 봄비 소리
뜨락에 비도 듣고 나도 듣고
후드드득 듣는 빗소리 들으며
봄비와 나는 물아일체
봄이 부르는 야상곡에 젖고 젖어
연초록 연분홍
춘색으로 물들어 간다
춘소 빗방울 분광기를 투과한
겨울 잿빛이 온 산야로
찬란한 무지개로 뿜어 나오고
봄은 자기도취에 빠져
어두운 캔버스에 큰 획을 그어
수목을 깨우고
세필모로 꽃대 하나하나
꽃봉오리를 그려 넣는다

봄이 오면

봄이 오면
봄이 오면
부사 두 개만 내 입술을 들썩이겠죠
정신 나간 오필리아처럼
어김없이 어김없이
바야흐로 바야흐로
꽃 속에 파묻혀
숨 막혀 더 이상
말을 이을 재주가 없네요
그래도 당신이 굳이
한 문장
한 문장만이라도 고집하면
지구야 멈추어다오 이 순간

산은 산이고

높은 산
깊은 마음엔 언제나
꽃은 늦게 타오르고
단풍은 앞서서
곱게 물든다

낮은 산
얕은 마음에 서두른
꽃봉오리는 꽃샘 춘설에 얼어붙고
늦가을 바람에도 서투른 녹색을 껴입고
젊은 호기를 부리다
포근한 폭설 아닌
서릿발 가시 박힌 죽음을 맞는다

에밀리 디킨슨을 그리며

그녀는 2월의 언어를 구사하네
진눈깨비에 이리저리 흩날리며
꽃샘바람에 파랗게 질려버린
지상의 무채색 언어들을
주섬주섬 하나님의 소쿠리에
소담스럽게 쌓아 올려
하늘나라로 이어지는 무지개 언어를
그녀는 구사하네
클로버는 소들 사이에서 명성이 자자하고
로빈은 가브리엘 천사로
박쥐는 우쭐하는 철학자로

나는 11월의 언어를 구사하네
화사한 여름꽃들이
하얀 서릿발에 고개 떨군
낙화의 언어
풍성한 과일들이

어설픈 겨울 햇살에 말라비틀어진
낙과의 언어
주섬주섬
텅 빈 하나님의 소쿠리에 담을 수 없는
무채색 언어들
화산재로 뒤덮인
내 시집

김 한 장과 무 한 뿌리

쓸모없이 눅진눅진한 김과
쓸모없이 슝슝 바람 든 무가
인생 황혼 녘에 만나
부질없는 신세 한탄

인생은 습기여
무겁게 내려앉는 우울
장마철 피어나 번져가는 곰팡이
마음속 햇볕을 지워버려
가슴에 이끼 가득 핀
눅진눅진한 김 한 장

인생은 바람기여
주체할 수 없이 뻗치는 젊음
사막에 퍼붓는 폭양
생물들을 고사시켜
피붙이들은 떠나가고

바람붙이들도 모두 떠나고
가슴에 허탈 바람 드나드는
숭숭 구멍 난 무 한 뿌리

문학산 등정기

문학산을 오르기 위해
이론의 크레바스에 빠지질 말길
엷은 얼음으로 위장된 함정
좌우 얼음벽 수천 길 낭떠러지
그 속에서 비상하여 솟아 나올 길은 없으니

한 걸음 한 걸음 지상에 펙을 박으며
걸음 옮기길
현학적이고 차가운 빙벽의 학문에
현혹되지 말길

크레바스에 갇힌
투명한 탐험가보다
텍스트에 뚜벅뚜벅
아이젠 발자국을 남기는
고드름 콧수염의
산꾼이 더욱 아름답나니

애잔한 꿈

반백 년 오매불망 살갑게 지내다 어느 순간 페북도 차
단하고 우물쭈물 소원했는데 영영 멀어지는 계기는 항상
꿈이 마지막 그림을 올려주며 통고해 준다 의식의 저장
박스가 다 차버려 이제 폐기되는 추억 데이터 삭제 직전
마지막 통고 메시지로 인연 매듭은 툭 터져버리듯이

아침 느닷없이 청한 토막잠에 독토르 장이 우리 집 창
문에 뜬다 가벼운 등산 차림 우리 집 뒷산을 오르는 중 서
먹서먹 건네며 등산 가나? 그럼 같이 가서 술 마실 형편이
안 되면 차라도 그러지 뭐 잠시 기다려 하면서 준비하는
데 다른 친구의 방문 나도 같이 가자 또 다른 친구 방문
조금 지체하여 셋이서 그 오솔길 밟아가니 친구는 행적이
묘연 전화를 해볼까 내가 후딱 안 오니 예민한 마음에 옆
길로 새어버린 듯 이제 영이별인 듯 오십 년 가까운 인연
줄이 정치 텐트 펙 박는 장소의 위치 차이로 완전 끊어지
는구나

금이 간 싯잔

내 사교 모임
술친구 모임
리스트 작성해 보니
보수적으로 잡아도 무려 열일곱 팀에
이백 코스프레
나, 그림자 그리고 달
세 명이 마시는 혼술 집어넣으니 열여덟 팀

한 달에 한 번씩 만나도
한 달 내내 주야장천 술독에 빠져 지낼 테고
남은 술 퍼내어도
가히 저승으로 갈 배를 띄울 만할 양
비운 항아리 숫자라면
두보 술자리에 말석을 차지할 정도

하지만
항아리가 넘쳐흘러도

채우지 못하고 새어버리는 술잔
먼지만 풀풀 날리는
금이 간 내 싯잔

구들목에서 구들장으로

손 휘휘 술구기를 저으며
땀 뻘뻘 구들목 농사나 지으며
이 강산 낙화유수
흘러 흘러 가보자는데
성화긴 웬 성화여

백마 탄 홍안은
문틈 사이 백마처럼
사라지고 눈앞에서
봄꽃 향기도 자취도 없이
어느덧 구들장을 짊어질
나이가 되었네

독서 산책

책을 섭렵하면
책장을 덮어도 내내
눈에 밟히는 책이 있다
그런 책을 밟고
발걸음을 옮기면
새 페이지 속에
새로운 길이 열리고
눈길 가는 대로
발걸음 닿는 대로
끊임없이 걷는다
목적지도 없이
멈추어야 할 까닭도 없이
마냥 걷는다
아름다운 산책
눈에 밟히는 책을 밟으며 가는 인생

영생보험

복 받을진저
인생 퇴직 후
영생보험을 탈 기대에 부푼 자들이여
그들의 노년은
잿빛 낙과로 쭈그러들지 않고
황금색 과일로
둥글게 둥글게 익어갈 것이며
죽음의 겨울을 넘어
새봄이 오면
뜰 앞의 장미는 풀짚관을 벗고
새로운 선홍빛 꽃잎으로
그들의 가슴을 벅차게 할지니

화 있을진저
인생 퇴직 후
모두 몰수되어 화학원소로 환원될 처지라고
깨달은 자들이여

그들의 노년은
서리 덮인 늦가을 과일
얼고 녹고 쭈그러들다
어느 새벽 해 뜨기 전
맨땅으로 떨어질 테지
툭 떨어지는 소리도
들리지 않는 세상으로 사라질 테니

꿈속에서 지은 시

다에다카리 나무는 베어서
집이나 가구를 만들면
재앙을 가져온다 하여
이 나무는 천수를 누린다
불어오는 바람에 나뭇잎을 흔들며
봄날의 종달새처럼 노래하며

쓸모가 나가면 들이닥치는
즐거움을 알 리 없는 유능한 인간은
무능한 실존으로 바쁘기만
자기 스스로는 전당포에 맡겨놓고
그림자가 된 자신

발자국도 보이지 않을 정도로
저잣거리를 휘젓고 다니며
주머니는 두둑해지나
전당표를 되찾을 생각은 못 한다

눈사태

그래
쏘아 올려라
시심의 박격포를
네 마음속 작은 눈사태를 일으키도록

네 마음속 숨겨진
벼랑 끝 아슬아슬
쌓여가는 집채 눈 더미
어느 얼빠진 등산객 야호 한 번에도
무너져 내릴 눈 폭탄

눈 속에 파묻힐 너
초토화될 아랫마을
미리 쏘아 올린
시의 포탄으로 구하시길

새이령 백도사님

마장터 백도사님은
종아리를 걷어 올리고
이 개울 저 개울 양편에
발을 담그고 있다
저 개울 형편을 보느라
개울 이편에 대해서는
깜빡깜빡한다
태양광 설비를 했는데
성능이 부실하여
전류가 깜빡깜빡
냉장고 하나 가동시키지 못한다
상할 음식은 비닐에 싸서
새이령 계곡물 깊숙이
바위로 눌러놓고 꺼내 먹는다

고향이 계곡 저편인 백도사님은
이편 여행이 따분하고 힘들다고 불평한다

교과서 십 쪽부터 이십 쪽까지
열 번 공책에 써 오라는 담임선생
숙제 받은 초등 이학년
계곡 저편에서는 무지개가 뜨고
숲속을 꿰뚫고 내리비치는 햇살
새소리 물소리에
산절로 수절로
껄껄 웃음으로 인간세가 아닌
마장터

도굴

야밤에
도굴꾼들이 너의 무덤을 훼손하고
검은 손이 너의 부장품들을 빼돌릴 테니
살아생전 금은보화들은
가난한 자들에게 나눠주길

어둡고 습습한 지하에 쌓인 보화
녹슬진 않아도
환한 빛을 발할 순 없으니
살아생전 밝은 대낮
어두운 얼굴들에 환한 웃음
막 터져 나오게

어둡고 습습한 무의식층에
석류알처럼 박힌 너의 시어들
녹슬진 않아도
환한 빛을 발할 순 없으니

살아생전 하얀 종이 위
까만 글자로 자리 잡아
독자들의 얼굴에 환한 웃음
막 터져 나오길

논산 훈련소 입소병 같은

논산 훈련소 입소병 같은
나의 욕망들아
일렬종대로
줄 좀 똑바로 서자
도덕의 가나다순으로 제발
새치기하지 말고
ㅎ 자 욕망이 아무리 강해도
차례를 기다려야지
ㅇ 자 욕망과 비스무리하게 생겼다고
그 앞자리 새치기하면
ㅈ ㅊ ㅋ 욕망은 평생
소원 성취 기회가 오기는 하겠냐

한 건에 한 욕망씩 투입하자
꿩 먹고 알 먹으려 하다간
꿩은 날아가고 알은 깨져버리니
순서대로 우선 꿩만 노려라

임도 보고 뽕도 따다간
임은 밭 갈러 가버리고
떠나는 임 정신 팔다
뽕나무 낙상이니
큰 욕망 임만 챙겨라
우선

욕망

자신도 모르게
자신도 모르게
거품 방울은 둥글게
둥글게 커져 커져만 가네
멈춰 멈출 수 없어
남의 시선이
남의 혀끝이
날카로워 무서워지는데도
톡 건드려도
툭 터질 듯한
거품 방울 커져만 가네
쳐다만 보네

나의 원수는
바로 나

사이코패스

오늘 나는 끔찍하게 모진 놈을 보았네
내 눈에 눈물을 솟구치게 하고
혀를 불타게 했던 고춧가루
그 빨강 더미 속을 누비는 녀석을 보았네
눈물 한 방울 흘리지 않고
핏빛 고춧가루를
태연자약 아이스크림처럼 핥고 있는
고추 좀벌레
녀석에게 양심이 있느냐고 묻는 건
이빨 사이로 새어 나오는 헛소리
밀가루나 고춧가루도
모두 가루일 따름
핥으면 녹게 마련
녹으면 똑같이 물로 돌아가는 것
사람이나 강아지나
칼로 담그는 순간
모두 단백질로 돌아가는 것

스타벅스 인생

배터리는 달랑달랑
마음은 안절부절
발걸음은 총총총총
드디어 스타벅스 안
핸드폰은 스스로 충전되어 가고
그대와 나는 다만 커피만 음미할 따름
내 생애
스타벅스 매장이
길모퉁이마다 존재하길

코로나

숨을 죽이고 살았네
코로나는 완장을 차고
총부리를 겨누며
가가호호 방문 수색으로 엄포를 놓고
기세 좋은 코로나는
낙동강 전선까지 밀고 갔네
사람들은 전전긍긍
입 코 막고
눈만 휘둥그레
대문 밖을 나가지 못하고
인천상륙작전만 손꼽아 기다리네
광화문 중앙 청사에 태극기 게양할 그날만
그동안 코로나 포승줄로 꽁꽁 묶여
미아리고개로 끌려간 아까운 인재들
서울은 수복되었는데
이젠 망우리고개로
어하 넘차 오호야

1억짜리 손가락

보험금
4억을 타려는 심뽀에,
천국 문고리를 잡
고 열어야 할
손가락 네 개를 잘
라버린 생선 가
게 주인 땜에
내 시행도 잘
라져 나가고
그 생선 가
게 생선도 잘라지고
천국 문을 열 손가락도 날
아갔으니 삶조차 읽
을 수가 없게 된 가
게 주인 감
방 독서실로 입방했다
손가락 하

나가 일억으로
보이는 환시 속에서
생선 칼로 한 개
씩 잘랐다는 걸 전문의는
단 한 번에 잘
린 네 손가락이 아니라 하나
씩 일억
씩 자른 엑스레이 제시했다

내 시간의 잔고

내 시간의 잔고는
영이 양 떼들
꼬리에 꼬리를 물고 물고 이어져
다 셀 수 없다

스피노자와 커피를 마시는 다섯 시간
영혼이 상류 본향으로 오르는 연어처럼
눈부신 도약의 시간

대청봉과 눈 맞춤 하며 영랑호 산책 두 시간
베텔게우스와 리겔이
오리온좌에서 자기 자리로 돌아가는
흐뭇한 귀향의 시간

테니스를 치는 두 시간
육체가 멘델레예프 원소들로
돌아가는 속도를 조절하는

황홀한 환원의 시간

바흐를 모시고 듣는 한 시간
첼로 무반주 소나타가
혀 안에 침으로 고이는 시간

현금자동 인출기에서 퍼내고 퍼내도
양의 숫자는 줄어들지 않고
송금하라는 상사의 문자메시지도
국세청의 공과금 납부 고지서도 날아오지 않는
내 시간 통장

노을꽃

세상일에 마가 낀다고 푸념하지 마라
구름 텅 빈 서쪽 하늘엔
황금빛 찬란한 노을도 없으리니
가슴에 태양만 품고 있으면
먹구름도 노을꽃으로 피어오를 테니

시정

물줄기가 다 말라
길어 올리는 두레박에 먼지가 앉는다
새 우물을 파야 한다
곡괭이를 들고서 산야를 헤맨다
들판에 개울물들은 넘쳐흐르나
마실 물은 못 된다
숲 가장자리 우묵배미를 겨냥하여
곡괭이질을 한다
날과 돌이 맞부딪쳐
파란 불꽃이 일어선다
감로수는 돌작밭에서 길러지니
보드라운 흙 찾으러
여길 떠나지 않길

도로 나무아미타불

화 안 내고 살기에는
너무도 긴 인생
도를 깨쳤다 해도
시간 곳곳에
지뢰는 매설되어 있고
수시로 울화는 터진다

그리고 후회 반성
복구 작업이 일어나고
우리는 다시
진리를 일별하며
환희에 젖는다

밤새 산골짜기 묵혔던 욕망이
진리의 첫 햇살에
아침 안개처럼 흩어지면서
솟아나던 우주와의 일체감은

어디로 갔단 말인가?

도대체

대롱대롱

이제사
가장 슬픈 일은
다시 돌아가도
지금처럼밖에는 할 수 없다는 푸념
홈을 따라 굴러온 물방울처럼
튀어 오르지도
무지개를 피워 올리지도 못하고
홈통 끝에 매달린 물방울 하나
대롱대롱

내 마음 벌판에 흩뿌려지는 빗방울들
후드득후드득
헛살고 헛살았도다
골프인은 골프를 치지 않는 사람들을
측은하게 쳐다보고
애주가는 술을 못 마시는 자들의
시간이 낭비라고 생각하고

기독교인은 하나님을 모르는 자들은
컴컴한 동굴을 기어간다고 믿고

이 축축한 빗방울들
진흙 토양으로 스며들지 말고
숭고한 햇살의 관통으로
오색 무지개로 펼쳐지길

디스토피아

새들의 날갯짓이 사라진 하늘을 보았다
새가 사라진 하늘 풍경엔 구름도 지워지고
지상에선 산들도 언덕으로 주저앉았다
세상은 하얗게
동양화 여백으로 남았다
머릿속이 하얗게
곰팡이 슨 백치 머리는
새들을 키우지 않는다
기괴스러운 시멘트 건물만 즐비하고
좀비들이 백치 머리를 흔들며
아스팔트 위를 활보한다
천진난만한 좀비들
머릿속 기생충
황금만능주의에 지배당한 숙주들

알코올 중독자의 변

술은 마약,
한 사흘 신경줄을 적시고 마비시킨다
술기가 빠져나가고 신경이 건조되면
쩍쩍 갈라지는 논바닥
신경세포들을 적시는 일은 흥겨운 일
보로 물이 들어오고
논바닥 적시면
무논의 싸가지가 덩실덩실
어깨춤을 춘다
논물에 아슬아슬 흔들리는
싸가지를 위해
싸가지 없이
눈물에 젖은 주정뱅이들을 위해
우리 모두 건배

행복의 문고리

행복의 문고리를 잡으세요
우두커니 문밖에 서있지 말고
식어버린 마음
차가운 금속이 내키지 않겠지만
안온한 실내를 떠올리며
문고리를 놓치지 마세요
돌아서면
긴 복도
가파른 계단뿐
이제
문고리를 잡으세요
행복은 한 발자국
떨어져 있으니

낙과의 빨강

일요일 저녁으로 달려있는
과수원의 사과
한낮의 열기와 환호성이 사그라든 빨강
저녁노을에 물든
더 이상 정오의 태양이 아닌 빨강
미숙한 신록보다 더욱 불길한 빨강
월요일 아침
서리가 곧 내려앉을 빨강
하얀 이빨 자국에 박혀
화요일도 채 오기 전
땅에 떨어져야 할
낙과의 빨강

철모르는 가을비

가을비치고는 아예 쏟아붓네요
하늘에 구멍이 뚫린 듯
젊은 시절
소낙비 사랑과는 작별한 지 이미 오랜데
가슴이 멍뚫린 듯
철 지난 눈물 아예 치솟고 있네요
소우주와 대우주에 한꺼번에
대홍수 지네요
계절은 하늘에 서릿발 날리는
상강으로 치닫는데
소낙비보다는 가을 달이
눈물보다는 명상이
통곡보다는 기도가
어울리는 계절이 느닷없이
철모르는 가을비를
철없는 가슴에 들이붓네요

홍도 황소바위

까마득한 옛날부터
자자손손 대대로
홍도 어부들은
코에 두 뿔을 달고
바닷물 마시는 황소 모양 바위를
황소바위로 불렀다
개명이 되어 뭍으로 나간 젊은이가 돌아와
황소 아닌 코끼리바위라고 외쳤다
예나 지금이나 코끼리를
눈으로 본 적 없는
어부들은 일순 어리둥절했지만
단호하게 코끼리가
예나 지금이나 여기
산 흔적 없으니
저 바위는 황소바위임에 틀림없다고
못을 박았다

간결하게

나도 간결하고 싶다
무협지 주인공처럼
차 식기 전까지 돌아오겠소
칼을 뽑아 나서는 협객

허나
나는 우물쭈물
칼을 뽑는 둥 마는 둥
허둥지둥 검객 고수를 만나
삼 합도 겨루지 못하고
뒷걸음치다
꽁무니가 빠지게 줄행랑칠까
무릎 꿇고 목숨만 붙여달라고 빌까
비굴한 졸객
찻잔의 차는 식은 지 오래
먼지가 앉는다

세상사를 단칼로 간결하게
잘라버린 무림의 고수들
해산이 가까운 아내 위해 불수산 지어 오다
금강산 유람 가는 친구랑 옆길로 간결하게
새어버린 정수동도 아니고
홍성 시장 해산미역 들고 큰길로 간결하게
빠져버린 만해도 못 되고
상대 검객의 칼날은 코끝을 겨누는데
식은땀 흘리며
이미 식어버린 내 찻잔 속
세속의 먼지가 가라앉고 있는데

내일

내 일은 쌓였는데
내일은 점차
짧아지네
알약은 늘어가고

시정詩井의 발원

"인간이란 대단한 걸작품! 이성적으로는 얼마나 고귀한가? 능력 면에서는, 모습과 움직임에서 얼마나 무한하며 얼마나 반듯하며 찬탄할 만한가? 행동에서는 얼마나 천사 같은가? 이해력에선 거의 신 같지 않은가? 세상의 아름다움이며 동물들이 우러르는 표상. 그런데 *나로서는 이 한 톨 먼지의 정수는 무엇일까?* 인간은 나를 즐겁게 하지 않아. 물론, 물론 여자도 마찬가지지. 자네들 웃는 걸 보니 '우리는 그렇게 보지 않는데요' 하는 듯하지만."(*Hamlet* Ⅱ.ⅱ) 로젠크란츠와 길덴스턴에게 햄릿은 이 한 톨의 먼지가 만물의 표상이며 천사 같은 걸작품으로 변신하는 경이로움에 찬탄을 금치 못한다고 한다. 그러나 이 변신은 햄릿 자신이 풀어야 할 수수께끼이며 평생 안고 갈 실존적 짐이기도 하다. 현대 뇌신경학은 이에 대해 작은 해명의 단초를 제공해 주고 있다. 그게 바로 인류 진화상 핵심을 구성하는 의식의 진화라는 화두이다.

이 연구 실험실에 자주 등장하는 생물이 원생동물이나 다세

129

포동물로서 예쁜꼬마선충이다. 이 선형동물은 302개의 뉴런을 가지며, 118개 뉴런 유형 배선도도 2019년 아인슈타인 의과대 스콧 에먼스 연구팀에 의해 완성되었다. 예쁜꼬마선충은 의식의 진화 초기 상태의 생물이지만 가장 원초적 의식의 원형적 활동을 보여준다. 한 톨의 먼지에서 선형동물로 만물 중 최고의 걸작품이란 호모 사피엔스에 이르는 과정은 의식의 진화라는 장구한 대서사시에 다름 아니다.

1) **최초 의식은 먹이 찾기와 포식자의 확인과 그로부터 도망하는 것이다.** 이는 굶주린 원생동물의 후각을 통해 먹이의 냄새sense data가 감각질qualia로 분류 인식되면 단세포의 뉴런 핵은 발사 역치firing threshold 에너지를 통과한 강한 자극일 경우 미세소관, 마이크로튜불microtubule을 통해 전기 자극과 화학물질을 전달하여 시냅스를 통해 축삭돌기, 수상돌기를 거쳐 이에 부착된 신경과 근육을 작동시켜 냄새 또는 시각을 통해 접수한 감각질을 실천하는 방향으로 성사시킨다. 즉, 포식자에 대한 후각 청각 시각적 감각소여가 전환된 감각질이 마이크로튜불을 통해 최종적으로 신경과 근육에 전달되고 원생동물은 신속히 그 자리에서 도망간다. 이것이 최초 원생동물의 의식 작동이며 오관에 기초한 1단계 의식 작용이다.

2) **2단계 의식 작용은 공간 개념이 첨가된다.** 먹이와 포식자와 자기 사이 거리를 계산하여 접근 또는 도망가는 속도, 방향

등 전략을 다르게 세운다.

3) 3단계에는 본능과 공간 개념에 기억이란 시간 개념의 내적 재현이 첨가되면서 미래 예측도 가능하게 된다. 즉, 과거 경험의 누적으로 합리적 전략이 세워진다. 이 기억은 현재 체험에 시간상으로 떨어진 과거의 체험이 첨가되므로 시간 관념이 첨가된다는 얘기이다. 시간 관념이 의식 활동으로 투입되면 미래에 대한 예측도 물론 가능해진다. 즉, 현재로서는 불만이더라도 보다 더 행복한 미래를 위하여 인내하고 기다리는 의식이 자라난다. 유명한 사례로 마시멜로 실험이 있다. 비로소 의식은 감각기관에 의한 즉각적 지각이 아니라 현재 존재하지 않는 내면적 활동의 시작을 의미하기 때문이다. 즉, 기억이란 새로운 의식 메커니즘을 통해 무(감각을 통하지 않았다는 점에서)에서 유(뉴런 핵의 작용으로 신경과 근육의 반응이 일어난다는 점에서)가 창조된다.

4) 4단계에서 인간에게 언어라는 도구가 생물학적 돌연변이에 의해 부여된다. 즉, 네안데르탈인과 호모 사피엔스의 경우 다른 종과는 달리 언어중추가 자리하는 측두엽 피질에 모종의 돌연변이가 생기면서 언어능력이 빠른 속도로 향상된다. 물론 이 생물학적 진화는 사회적 진화라는 과정(하라리가 의미하는 인간의 집단 지성)이 융복합됨으로써 언어 기능과 추상화 능력이 천문학적으로 증폭된다.

5) 5단계에는 자아에 대한 자기인식self-awareness이란 반성적 사유가 생겨난다. 이 반성적 사유는 그 전 단계인 시공간적 한계를 깨는 언어능력이 절대적인 필요조건이다. 이 자기인식은 바로 인간의 의미 찾기 성향과 직결된다. 즉, 인간은 순전히 육체적 욕구에 의한 감각적, 본능적 삶이 아니라 자신이 행하는 사유와 행동에 대한 의미 부여 작업을 수행한다.

6) 6단계, 자기반성적 사유와 결합된 언어능력은 인간을 공간적 한계로부터 해방해 공감 능력의 향상으로 이어진다. 공감능력이란 공간 확장으로서 타자에 대한 자비, 배려, 사랑 등의 의식인데 이는 단순한 사회질서 유지의 윤리의식과는 거리가 있으며 오히려 종교적 심성에 가까운, 불교의 대자대비, 기독교의 사랑, 유교의 측은지심에 기초한 인仁과 더욱 친화력이 강하다.

7) 그리고 마지막 7단계는 호모 사피엔스의 자기반성적 사유가 최정점에 이른 의식 수준으로, 자아의 운명, 즉 죽음에 대한 사유가 생겨나면서 초자연적 존재인 신에 대한 의식이 생긴다. 신의 창조와 종교의 발생은 바로 이 6, 7단계에 해당한다. 물론 여기서 숫자로 표시하는 단계 구분은 그 자체 큰 의미가 없다. 단지 현재 호모 사피엔스의 장구한 의식 진화 과정에 대한 추론을 체계화하기 위한 가설 모델에 불과하며 실제 선후나 인과관계는 미래에 보다 정교한 연구에 의해 규명되어야 할 사

항이다.

호모 사피엔스의 뇌는 1000억 개의 뉴런으로 구성되어 있다. 축삭돌기의 길이는 70만 마일 정도. 그리고 인간 두뇌는 100조 개의 시냅스로 구성, 세포는 하나당 평균 1000개의 시냅스와 연결되어 있다. 이러한 연구 결과가 이 한 톨의 먼지의 정수를 규명해 줄지는 아직 모른다. 전두엽(감정, 운동, 지적 기능), 측두엽(언어), 후두엽(시각), 두정엽(공간, 감각 기능) 중 뇌의 어느 부분이 의식 활동의 어느 현상을 담당하고 있는지 전기 자극이나, 호르몬 분출, 에너지 활성화 등 물질적 반응을 통해 아무리 측정 확인해도 여전히 그러한 물질적 변화와 인간의 구체적 의식 활동인 특정 감정, 사유, 감각 활동 사이에는 건널 수 없는 심연이 가로놓여 있다. 특히 이러한 의식 활동을 성찰하는 자의식은 물질적 현상만으로는 완벽한 설명이 불가능한 듯 보인다.

이제 의식에 대한 과학적 연구에서 이 시집의 화두인 시정의 발원 내지는 시심의 위기로 돌아와서 질문을 던진다. 시심이란 무엇일까? 공자는 삿되지 않은 생각이라고, 칸트는 이해타산을 떠난 관심이라고, 또 워즈워스도 의식적인 통제를 받지 않는 자발적 감정의 넘쳐흐름이라고 정의 내린다. 즉, 시심이란 이해관계를 벗어나 탈속의 자유로운 정신 내지는 의식을 가리켜왔으며, 호모 사피엔스의 본질을 이루는 핵심 실체로 인식되어 왔다. 그러나 최근 몇십 년 동안 비약적으로 발전하는 의식에 대한 과학 물질론적 연구는 이 금강석 같은 실체에 균열을 일으키고 있다. 상상력, 정신, 이성, 감정, 나아가서 영성까지 포함하여 통칭되는 인간의식은 그냥 물의 습기, 환각 hallucination, 사용자 환영user-illusion(가령 PC 화면에 뜨는 아이콘처럼)에 지나지 않는다고 주장하는 물질론자들이 득세하고 있다. 그들은 숭고한 종교적 영성으로 빚어낸 인류의 걸작품들, 가령 바흐의 〈무반주 첼로 소나타〉, 베토벤의 〈합창 교향곡〉, 미켈란젤로의 〈천지창조〉, 단테의 「신곡」, 셰익스피어의 소네트 등 위대한 걸작품들도 모두 플라세보 효과에 불과하다고 깎아내린다. 존재하지 않는 신에 대한 환각적인 숭배와 그에 영감 받은 예술혼이 합작하여 빚어낸 걸작이라고.

시심이 아닌 이러한 수증기 의식이 건축한 집은 일단 언어의 가람(言 + 寺)이 못 되며 제대로 된 가옥도 못 되는, 환영의 색종이를 오려서 세워놓은 종이 집에 불과하다. 왜냐하면 물질론자의 판단으로 의식은 실체가 아니기 때문이다. 가령 물의 실체는 H_2O이다. 이는 온도에 따라 형태는 수증기, 물, 얼음으로 바뀌지만 물질론 입장에서 H_2O라는 본성을 위배할 수는 없다. 마찬가지로 인간의 두뇌를 구성하는 물질 세포들은 물리화학, 생물 반응에 의해 수많은 현상들이 빚어지는데 의식은 다만 그 과정상의 본질이 아닌 부수적으로 나타나는 우연적 사건

accidental incident, 일종의 물의 습기 정도로 파악되는 것이다. 고로 시나 예술은 이 습기가 뭉쳐서 떠올리는 신기루 같은 환영이다.

다시 말하여 인간의 본질이 아닌 우연적 현상인 습기나 수증기가 문학 예술 걸작품을 창조하였다면 우리는 이 어긋난 인과 관계를 어떻게 설명할 것인가? 그럼에도 불구하고 환영의 결과물인 예술과 문학이 인류사의 본질이고 핵심을 구성한다고 감히 주장할 수 있을까? 이 비물질적 현상이 사물의 본질이라고 감히 주장하는 건 어불성설이라고 말하는 물질론자들에 대한 올바른 반박은? H_2O의 과학적 구조, 화학적 요소만이 본질이고 나머지는 주변적, 우연적 현상인 습기라고 주장하는 게 옳은가? 인간의 삶의 본질은 무엇인가? 미켈란젤로의 〈천지창조〉도 바로 이 습기에 의한 숭고한 걸작인데, 이 예술가의 두뇌를 뉴런 마이크로튜불의 작용과 양자역학으로 기술한다고 해서 이 작품의 숭고미를 해부할 수 있을까? 그리고 이 작품에 도취되어 흐르는 관람자의 눈물을 해당 뇌 부분의 온도, 전기에너지 수치로 분석한다고 해서 이 관람자의 의식을 남김없이 규명할 수 있을까? 의식의 비물질성의 존재를 본질적으로 부인하는 물질론은 완전무결한가?

이 시집은 이러한 시적 고뇌의 산물이다. 그 고뇌는 소크라테스가 말한 영혼이 육체의 형역을 치르다 죽음 이후에야 겨우

해방되는 고뇌이지만 그 이면에는 형언할 수 없는 자긍심과 법열도 뒤따름은 두말할 필요 없다.

비록 죽어
꽃 새 인간의 몸을 벗어나는 순간
우리 모두 화학원소로 돌아가겠지만
지상에서 받은 인간의 몸이란
거저
느닷없이 얻은 지복

형역의 비바람 속에서도
영혼의 싹을 틔우고
영생의 풍경을 그리며
항상 가슴이 뛰놀았지
　-「아름다운 형역」 부분

　그러한 법열을 체험하기 위해서는 단순히 증자의 일일삼성만으로는 부족하다. 벌판의 무지개가 아닌 북극의 오로라를 진동시켜야 한다. 그러기 위해서 내 캔버스의 소실점을 떠올리며 매일같이 시의 목관을 절벽 밑으로 던져버려야 한다.

매일 아침

네 시심이 입관된 관을 짊어지고

벼랑에 올라 바야흐로

노을이 물들어 올 때

절벽 밑으로 던져버려라

언젠가 필연코

풍경화 속의 소실점으로 사라질 네 모습을

소름 돋게 떠올리며

목관을 던져버려라

　－「오로라」부분

　우리 시대는 과학의 시대이며 시정은 인적이 끊긴 깊은 밀림
으로 덮여버렸다. 그런 시정은 단지 플라세보 효과에 불과하다
고 과학자들은 충고한다.

호수로 이어지던 다정한 소롯길

중세의 은자들이 그레고리안 찬트를

흥얼거리며 산책하던 숲길

언제부터인가

빽빽한 잡목과 마을 사람들 기억 속에서 묻혀버리고

마을의 학식 높고 깬 사람들은
있지도 않은 호수를 그리는
나를 몽상가라 놀려댔지
과학의 시대에
그런 미신을 믿으면 안 된다고
그건 플라세보 효과라고
　－「플라세보 효과」 부분

　남해의 한 섬 새벽 도로에는 수많은 도둑게들의 시체가 즐비
하다. 2만 2천 개의 알을 품고 해탈의 바다로 기어가던 수행자
들이 자본주의 야간 질주 자동차 바퀴의 희생자가 된다.

수평선에서 보름달 법문이 솟아오르면
숲속 동굴에서 면벽기도하던 수행자들이
2만 2천 개의 의심을 품고 만행에 나선다
진리의 바다에서 의심을 해산하여 해탈하기 전
가로놓인 장애는 해안도로
야밤에 충혈된 헤드라이트를 켜고
질주하는 인간의 욕망들
내려찍는 바퀴에 로드킬
　－「도둑게」 부분

욕망의 홍수에 범람하는 현시대의 탁류에서 살아남는 길은 강 중앙의 섬에 매달려 홍수에 휩쓸려 가지 않는 것이다. 붓다도 스승을 영원히 잃어버린다는 두려움으로 황망해진 아난다에게 "자등명 법등명"이란 유훈을 남겨서 위안을 준다. 여기서 등불은 범어를 한자로 옮기는 과정에서 일어난 일종의 신비스러운 오역인데, 원래는 섬이란 뜻이다. 따라서 우리가 통상적으로 알고 있듯이 스스로의 불법의 등불을 켜고 길을 찾아가라는 뜻이 아니라, 자신의 섬에 매달려 욕망의 홍수에 떠밀려 가지 말라는 뜻이라는 이설도 있다. 바로 이 욕망의 홍수에 익사되지 않는 깨어있는 의식을 나는 오로라 의식이라고 부르고자 한다. 이는 우리 감관으로 향유하는 친숙한 지상의 아름다운 무지개가 아니라 우리 일상과는 동떨어진 낯선 북극 툰드라의 하늘에 펼쳐지는 오로라이다. 그리하여 오로라 의식에 기초한 시학은 전통적 예술미가 아닌 영성적 숭고미로 전환된다.

오로라 의식은 「전도서」의 "헛되고 헛되도다vanitas, vanitas"로부터 시작한다. 세상사가 허망하고 더 큰 진리는 다른 곳에 있다는 깨우침, 그것이 바로 오로라 의식의 핵심이다. 다른 곳이란 반드시 종교적 의미의 저세상otherworldly만을 뜻하는 건 아니다. 이세상과 저세상의 분리를 넘어선 인식이 필요하다. 영혼의 불멸도 관건이 아니다. 영혼과 육체의 분리 의식도 종료

139

되어야 한다. 양자quantum가 입자와 파동의 양 속성을 모두 지니듯 우리는 현세/내세, 육체/영혼을 넘어선 경지로 도약해야 한다. 오로라 의식으로 무장하고.『삼국유사』의 사동이 소나무 아래 흙더미 거죽을 벗겨내니 열반의 화엄세계가 발밑에 펼쳐지듯이 이 지하 세상은 저세상이나 극락세계가 아니다. 현재 우리 앞에 펼쳐진 현실태의 세계 표피에 덮여있던 가능태의 세계이다. 물론 지상의 무지개 의식인 인간의 오관을 초월한 세계로 오로라 의식으로만 관조할 수 있는 세계이다.

일신교의 역사에서 수많은 선지자들의 깨우침이 경전화되고 성서화되는 과정에서 인간화, 세속화되어 귤은 탱자로, 공작은 모두 닭으로 왜소하고 비천한 비전으로 타락해 버렸다. 예수, 마호메트, 붓다 모두 이 통합과 포월의 오로라 의식을 선포하고 전도하고자 하였을 것이다. 그들 모두 헛되도다에서 출발하여 현실태 속에 잠재되어 있는 가능태를 일별하고 대오각성하였을 것이다. 마치 가능태의 양자들이 존재하고 실제 물질 작용에 개입하지만 관찰하고 측정하는 순간 파동 함수 붕괴 wave function collapse가 일어나 하나만 현실태로 드러나고 다른 양자들은 붕괴되어 버리듯이. 이처럼 내세의 비전도 죄와 구원, 인과응보의 보상이 뒤따르는, 현세와 분리된 다른 세계가 아니라 붕괴되기 직전 가능태의 세계일지도 모른다. 이처럼 물질과 정신, 현세와 내세를 포월하고 통합한 세계는 숭고한 세계이며 스피노자와 아인슈타인이 꿈꾸었던 종교적 자연주의가 펼치는 세계이다.

오로라 의식으로 들어가면 가족도 우주 공간 깊숙이 서로 동떨어진 별들인데도 이차원의 평면 천문도를 통해 지상의 인간의 눈에 들어온 별 묶음이 아닐까 공상한다. 그리하여 조화로운 형상의 오리온좌로 다시 태어나지 않았나 잠시 환각에 젖기도 한다.

베텔게우스와 지구는 429광년 떨어져 있고
리겔에서 떠난 빛이 지구에 도착하는 데
777년이 걸리는데
이 0.4등성 0.2등성 별이 오늘 저녁
오리온 가족으로 서로 손잡고
나에게 윙크를 보낸다
우리 가족사진처럼
－「오리온 가족」 부분

오로라 의식으로 보면 이 세상 사람들은 부처나 예수 등 몇몇 선지자들을 제외하고는 모두 무궤적 인간인데 아우성을 치며 살아가는 게 보인다.

빗방울이 궤적을 그리며
유리창을 타고 내린다
궤적이 없는 사람들의 단말마가
여기저기 천지에 자욱하다
 ―「무궤적 인간들」부분

그리하여 무지개 아닌 오로라 의식의 에토스는 세 거울이다.

꿈속에서 허연 수염이 멋들어진 노인이
거울 세 개를 선사한다
죽음, 쾌락, 전생 거울
거울 뒷면엔
메멘토 모리, 에피쿠로스, 카르마

곧 죽어 흔적도 없이 사라질 텐데
니가 지금 매달려 있는 일이
그럼에도 불구하고
그럴 가치가 충분한지?

좀 더 강한 쾌락을 추구하면
이전 쾌락은 불어터지니

마음을 숫돌에 갈아
영의 쾌락을 즐겨라

괴롭힘을 당하면
전생에 니가 홧김에 뿌린 씨앗이
화염처럼 타오르는
천남성으로 피어났음을 깨닫길
  ─「세 개의 거울」 전문

  오로라 의식으로 보면 자살도 연민과 슬픔의 대상이 아닐 수
도 있다. 통계적으로 사람들이 가장 많이 목숨을 끊는 새벽 4시
48분의 의미도 달라진다.

새벽 4시 48분
고치를 던져버리는 것은
진정 장엄한 결단이어라
저속한 대낮의 햇빛을
결연히 차단하는
  ─「새벽 4시 48분」 부분

  그러나 오로라 아닌 무지개 의식으로 아름다움을 창조하는

시인은 육체의 수증기인 의식이 존재하는 한 시정에서 또 한 바가지 물을 길어야 한다. 죽음의 발자국 소리가 가까이 들려오지만.

비록 48시간 뒤 네 손으로
백자진사를 꺼내어 안아보는
복을 타고 태어나지 못했다 할지라도
밤손님이 문고리를 잡는 순간까지
알아도 모르는 척
도자기 표면에 주렁주렁
탐스러운 포도 한 송이 올리길
　－「백자진사」부분

　오로라 정신으로 나보다 훨씬 오묘한 걸작을 캔버스에 옮기는 원배 형이 잠시 시간 내어 졸시들에 시각적 이미지를 부여하는 수고를 하신다. 벌써 여섯 권째이다. 후배를 위한 변하지 않는 애정에 깊이 감사드린다.